W9-BAH-933

Este libro le pertenece a

Camila Loyola
Esparza

ELENA DE ÁVALOR

La promesa de una hermana

Adaptado por Silvia Olivas
Basado en el episodio "Hermana modelo",
escrito por Becca Topol para la serie creada
por Craig Gerber

Ilustrado por el Equipo de Arte de Cuentos de Disney

studio fun

A READER'S DIGEST COMPANY

White Plains, New York • Montréal, Québec • Bath, United Kingdom

¡La hermana menor de la Princesa Elena, la Princesa Isabel, está entusiasmada! Hoy es la Feria de Inventos, donde los inventores de todo el reino presentarán sus últimas creaciones.

La Princesa Isabel también inventó algo:

¡El Cambiador Presto!

Elena ayuda a Isabel a probar su invención. Mientras Isabel pedalea, Elena es transportada hacia atrás a la máquina.

"¡Guau!" exclama Elena.

Segundos más tarde, las puertas se abren y Elena sale luciendo un hermoso vestido. ¡Pero la flor que se suponía que tenía que estar en el cabello de Elena está en su boca!

"¡No funciona!" exclama Isabel.

"La Feria de Inventos es esta tarde", dice Elena.

"Tienes mucho tiempo para solucionar el problema".

A Isabel le preocupa que otra cosa salga mal.

"Estaré a tu lado para ayudarte a arreglarla", dice Elena.

Más tarde esa misma mañana, Elena se reúne con el Gran Consejo. El Rey Toshi, el gobernante del reino Satu, visitará Ávalor esta semana. Será la primera vez que Elena se reunirá con otro miembro de la realeza.

El primo de Elena, el Canciller Esteban, dice que si desean impresionar al Rey Toshi, deben preparar alimentos de Satu y tocar música de Satu. Además, insiste que Elena use un vestido y zapatos de Satu cuando dé la bienvenida al rey.

Elena escucha atentamente todas las instrucciones de Esteban sobre las costumbres de Satu.

"Continúa practicando", dice. "Aún tienes unas pocas horas antes de que el Rey Toshi llegue".

"¿Viene hoy?" pregunta. Isabel escucha todo. Elena tiene un dilema. Desea ser una buena princesa, pero también desea mantener su promesa a Isabel y ser una buena hermana. Piensa que quizás hay una manera de hacer las dos cosas.

"Bueno, vayamos a la feria", dice Elena.

Isabel está confundida. "Pensé que no tenías tiempo para ayudarme".

Elena toma a Isabel de las manos y le promete que siempre tendrá tiempo para su hermana.

Pero Elena planea secretamente volver al castillo antes de que llegue el Rey Toshi.

Mientras que su amigo y guardia real Gabe, conduce el
carruaje a la Feria de Inventos, Isabel le presenta a Elena un
collar que hizo con partes que sobraron de su invención.

"Gracias por siempre poder contar contigo", dice Isabel.

Cuando llegan a la Feria y ruedan el Cambiador Presto en
el Salón de Inventos, Elena ve al Rey Toshi pasar en el carruaje
real. Necesita apresurarse y volver al castillo. Comienza a tirar
del carro más rápidamente, pero el Cambiador Presto se desliza
y ¡se estrella contra el piso!

"¡Mi invención!" grita Isabel.

"Lo siento mucho, Isabel", dice Elena.

Isabel examina su invención y nota que se rompió una pieza. Para arreglarla necesita una herramienta especial que dejó en el palacio.

"La voy a buscar y vuelvo enseguida", dice Elena mientras sale corriendo.

Elena vuelve al palacio y encuentra la herramienta. Sin
perder un momento, se cambia a su vestido y zapatos de
Satu y corre a saludar al Rey Toshi y su consejero principal,
Shoji. El Rey Toshi le regala a Elena un hermoso abanico
de seda.

Elena les pide a sus abuelos que lleven al Rey Toshi
a recorrer el palacio. Pero la abuela de Elena, Luisa, le
recuerda a Elena que ella, como anfitriona, debe ser quien
lleve a los halagados visitantes a hacer el tour del palacio.

Mientras esperan a Elena, Isabel y Gabe tratan de arreglar el Cambiador Presto. Gabe la ayuda a probarlo.
¡WHIR! ¡CLANC! ¡BOING! ¡JANGLE! ¡BANG!
Segundos más tarde, ¡Gabe sale lanzado de la máquina vestido ajustadamente con un vestido diminuto y zapatos en sus manos!

Durante el recorrido Elena solamente
puede penser en cómo retirarse sin que
nadie lo note. Justo entonces, ve a su
amiga Naomi corriendo hacia el palacio.
    "Lamento llegar tarde", dice Naomi.
    Elena tiene una idea. "En realidad,
¡llegas justo a tiempo!"

Elena lleva a Naomi
al vestidor real. Le pide a
Naomi intercambiar vestidos
y pretender ser ella mientras
vuelve a la Feria de Inventos
para ayudar a Isabel. Naomi
no está segura que funcionará,
pero sigue el plan de Elena.

Elena corre nuevamente a la feria con la herramienta especial de Isabel. Le tomará un poco de tiempo a Isabel reparar la máquina.

"Toma todo el tiempo que necesites", dice Elena.

Mientras Isabel trabaja en el Cambiador Presto, Elena se escabulle.

En el palacio, Naomi pretende ser Elena. Y funciona… hasta que una mosca comienza a zumbar a su alrededor. Naomi golpea a la mosca con su abanico. El Rey Toshi la mira, ¡pero Naomi se cubre la cara con el abanico justo a tiempo!

Tan pronto como Elena vuelve al palacio, ella y Naomi se vuelven a cambiar a sus propios vestidos. Pero Luisa las descubre.

"Volviste a la Feria de Inventos, ¿no?" dice Luisa.

Elena se disculpa pero explica que prometió ayudar a su hermana. "Isabel tiene problemas con su invención".

"Bueno, ve. Yo te cubriré", dice Luisa. "Pero apresúrate de vuelta".

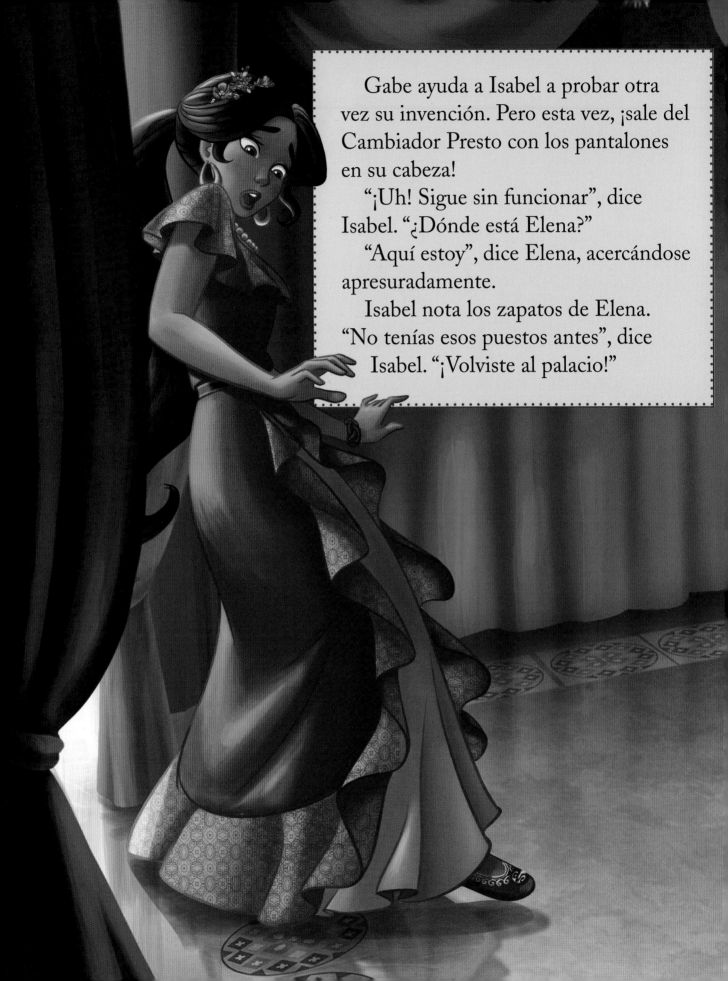

Gabe ayuda a Isabel a probar otra vez su invención. Pero esta vez, ¡sale del Cambiador Presto con los pantalones en su cabeza!

"¡Uh! Sigue sin funcionar", dice Isabel. "¿Dónde está Elena?"

"Aquí estoy", dice Elena, acercándose apresuradamente.

Isabel nota los zapatos de Elena. "No tenías esos puestos antes", dice Isabel. "¡Volviste al palacio!"

Elena le dice la verdad. "Quiero estar aquí contigo pero tengo que estar allá por el Rey Toshi y nuestro reino", dice.

"Dijiste que siempre tendrías tiempo para mí", responde Isabel. "Aunque supongo que ahora tienes cosas más importantes que hacer. Vete".

"Lo siento mucho, Isabel", dice Elena tristemente mientras se aleja.

En el palacio, Esteban hace su baile de Satu que preparó especialmente para el Rey Toshi. Pero Esteban no es muy bueno. Continúa chocando contra los otros bailarines.

El abuelo de Elena, Francisco, le pregunta al Rey Toshi si desea que Esteban deje de bailar. Pero el Rey Toshi dice: "Prometí al Canciller Esteban que podía mostrarme su baile de Satu. Es muy importante cumplir una promesa".

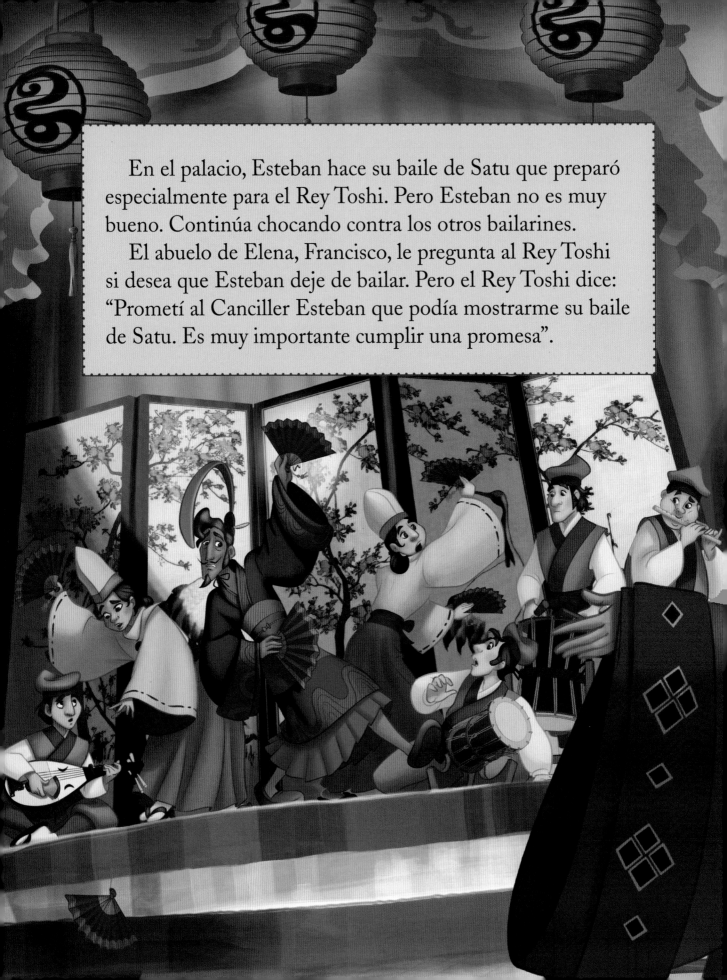

Elena sabe que tiene razón. "Hice una promesa que estaría en la Feria de Inventos con mi hermana y no la cumplí", cuenta al rey. "Espero que entienda, pero tengo que irme. Debo colocar a mi familia primero".

Elena vuelve a la Feria de Inventos una vez más.

"Nunca podré arreglar esto", dice Isabel. "Me doy por vencida".

"No puedes darte por vencida", dice Elena mientras se acerca.

"¿Qué pasó con la visita real?" pregunta Isabel. Elena le dice que no existe un deber real que sea más importante que Isabel.

Elena e Isabel finalmente se dan cuenta por qué no funciona el Cambiador Presto. Se había roto una cadena. Elena sugiere que usen su collar.

"¡Vale la pena intentarlo!" dice Isabel.

Cuando Isabel presenta su invención a los jueces, ¡el Cambiador Presto funciona perfectamente!

"Gracias, Elena", dice Isabel. "Realmente me brindaste apoyo hoy".

"Eso hacen las hermanas", responde Elena.

Justo entonces, Elena ve al Rey Toshi y Shoji llegar a la Feria de Inventos. "La familia es lo primero también en Satu", dice. "Por eso siempre

viajo con mi consejero principal, Shoji. Es mi hermano menor".

"Entonces, ¿no se molestó que me fui?" pregunta Elena.

"Para nada. Ya sé cómo es Satu", dice el Rey Toshi. "Deseo conocer más sobre Ávalor."

Elena dice que conoce un buen lugar para comenzar.

Elena lleva al Rey Toshi y Shoji nuevamente al palacio para una gran fiesta. Se divirtieron comiendo alimentos avalorianos y escuchando música avaloriana.

¡La primera visita real de Elena fue todo un éxito!